27 mai 1892

16 Leroi

P

N° 115

VENTE

DU VENDREDI 27 MAI 1892

HOTEL DROUOT, SALLE N° 4

ESTAMPES

DE L'ÉCOLE FRANÇAISE DU XVIIIe SIÈCLE

EN NOIR ET EN COULEUR

SUJETS DE CHASSE

Vénerie, Fauconnerie, Sport

Formant la Collection de M. A. BARTEL

Me MAURICE DELESTRE COMMISSAIRE-PRISEUR 27, rue Drouot, 27	M. DUPONT AINÉ MARCHAND D'ESTAMPES 21, rue de Seine, 21

IMPRIMERIE D. DUMOULIN ET Cie
Rue des Grands-Augustins, 5, à Paris.

(N° 115)

CATALOGUE
D'ESTAMPES

DE L'ÉCOLE FRANÇAISE DU XVIIIE SIÈCLE

EN NOIR ET EN COULEUR

Par Baudouin, Charlier, Debucourt, Descourtis,
H. Fragonard, Greuze, J.-B. Huet, Janinet, Jazet, Lavreince, Levachez,
Morland, Saint-Aubin, Sergent-Marceau, Swebach, etc.

SUJETS DE CHASSE

VÉNERIE, FAUCONNERIE, SPORT

Par Aubry, J. Bol, Callot, Casanova, De Lacollombe, Delarue, Desportes,
Fielding, J. Fyt, N. Guérard, La Feuille, Marcou.
Nielles, Ost, J.-B. Oudry, Ridinger, Stradan, Ant. Tempesta,
Van der Meulen, Van Falens,
Carle Vernet, Ant. Watteau, Wouvermans, etc.

Formant la collection de M. A. BARTEL

DONT LA VENTE AUX ENCHÈRES PUBLIQUES AURA LIEU

HOTEL DES COMMISSAIRES-PRISEURS, RUE DROUOT, 9
SALLE N° 4

Le Vendredi 27 Mai 1892, à une heure et demie.

Par le ministère de Me **MAURICE DELESTRE**, Commissaire-Priseur,
Rue Drouot, 27.

Assisté de **M. DUPONT** aîné, marchand d'estampes,
rue de Seine, 21.

PARIS, 1892

CONDITIONS DE LA VENTE

Elle sera faite au comptant.

Les Acquéreurs payeront CINQ POUR CENT en sus des enchères, applicables aux frais de vente.

M. DUPONT, chargé de la vente, se réserve la faculté de réunir ou de diviser les lots.

L'ordre du Catalogue sera suivi.

DÉSIGNATION

ESTAMPES DU XVIIIE SIÈCLE

BACLER-D'ALBE

1 — Le Jardin des Tuileries.

Très belle épreuve coloriée. Rare.

BAUDOUIN

2 — L'Enlèvement nocturne, par Ponce.

Superbe épreuve, grandes marges.

3 — Le Fruit de l'amour secret, par Voyez junior.

Très belle épreuve.

4 — Le Matin, — Le Midi, — Le Soir, — La Nuit, par de Ghendt.

Suite de quatre pièces.

BOILLY (L.)

5 — Le Prélude de Nina, par Chaponnier.

Très belle épreuve, petite marge.

BOSIO

6 — La Bouillotte, copie par E. Gosselin.

Epreuve en couleur.

BOUCHER (Fr.)

7 — La Naissance de Vénus, — La Toilette de Vénus, par Cl. Duflos.

Deux pièces, très belles épreuves.

CHAPUY (J.-B.)

8 — Vue perspective du Champ de Mars, le jour du serment civique prononcé par la nation française, le 14 juillet 1790, par Le Roy.

Très belle épreuve en couleur.

CHARLIER

9 — Vénus en réflexion, par Janinet.

Belle épreuve en couleur.

DAVESNE

10 — Les Cerises, — Les Prunes.

Deux pièces, très belles épreuves en couleur, marge.

DEBUCOURT (P.-L.)

11 — Annette et Lubin.

Belle épreuve en couleur, grandes marges.

12 — L'Escalade ou les Adieux du matin.

Belle épreuve en couleur.

13 — La Visite au grand-papa.

Très belle épreuve avant la lettre, marge.

14 — La Bénédiction de la mariée.

Belle épreuve avant la lettre.

15 — Le Gourmand, médaillon rond in-8.

Très belle épreuve coloriée, grandes marges.

16 — Oh! c'est bien ça, d'après Carle Vernet.

Très belle épreuve coloriée.

17 — Route de Poissy, — Route de Saint-Cloud, — Route de poste, d'après Carle Vernet.

Trois pièces, belles épreuves coloriées.

18 — Les Aveugles, — Marchand de vin des environs de Rome, d'après Carle Vernet.

Deux pièces, belles épreuves coloriées.

DEBUCOURT (P.-L.)

19 — Passez, payez, d'après Carle Vernet.

Très belle épreuve en couleur.

20 — La Marchande d'eau-de-vie, — La Marchande de saucisses, d'après Carle Vernet.

Deux pièces, belles épreuves coloriées.

21 — Promenade au bois de Vincennes.

Belle épreuve coloriée, grandes marges.

22 — Le Coup de vent, d'après Carle Vernet.

Belle épreuve coloriée.

23 — Les Gastronomes affamés, — Les Gastronomes en jouissance, — Les Gastronomes sans argent, — La Fin des gastronomes, d'après Carle Vernet.

Suite de quatre pièces, très belles épreuves en couleur.

24 — Inutile précaution, — Chacun son tour, d'après Carle Vernet.

Deux pièces, belles épreuves coloriées.

25 — La Toilette d'un clerc de procureur, — Les Amateurs de plafonds au Salon, — Le Chiffonnier.

Quatre pièces coloriées.

26 — Les Deux baisers, — Heur et malheur ou la Cruche cassée, — Frascati ; copies.

Trois pièces, avant la lettre, non terminées.

DESCOURTIS

27 — Vues de Suisse.

Quatre pièces, très belles épreuves en couleur, toute marge.

DESCOURTIS ET MORET

28 — La Prière interrompue. — L'Hermite du Colysée, d'après H. Robert.

Deux pièces, très belles épreuves en couleur, marge.

DESRAIS

29 — La Blanchisseuse.

Belle épreuve coloriée.

DROLLING

30 — Le Vieillard, par Perdriau.

Très belle épreuve en couleur.

DUGOURE

31 — Le Lever de la mariée, par Trière.

Très belle épreuve.

EISEN (Ch.)

32 — Le Concert champêtre, par de Longueil.

Très belle épreuve.

FRAGONARD (H.)

33 — Les Hazards heureux de l'escarpolette, par de Launay.

Très belle épreuve avec la faute au mot *Escarpolettes;* la marge rognée de trois côtés.

34 — Le Baiser amoureux, — L'Instant désiré.

Deux pièces, très belles épreuves.

35 — Le Verre d'eau, — Le Pot au lait, par Ponce.

Deux pièces, très belles épreuves, grandes marges.

36 — L'Heureuse fécondité, par de Launay.

Très belle épreuve avant la dédicace.

GARNERAY (L.)

37 — Promenades aériennes au jardin Beaujon, par Lerouge.

Belle épreuve coloriée, grandes marges.

GREUZE (J.-B.)

38 — La Cruche cassée, par Massard.

Très belle épreuve.

39 — Le Tendre désir, par C....

Très belle épreuve, marge.

HUET (J.-B.)

40 — L'Amant écouté, par Bonnet.

Très belle épreuve en couleur, marge.

HUET (J.-B.)

41 — La même estampe.

Epreuve en couleur, sans marge.

JANINET

42 — Projet d'un monument à ériger pour le roi, d'après de Varenne.

Très belle épreuve en couleur.

43 — Restes du palais du pape Jules, — Colonnade et jardins du palais Médicis, d'après Hubert Robert.

Deux pièces, belles épreuves en couleur, grandes marges.

JANINET ET DE MACHY

44 — Henri IV et ses enfants, — Le Chancelier de l'Hôpital.

Deux pièces, belles épreuves en couleur.

JAZET

45 — La Promenade au jardin turc.

Belle épreuve en couleur, montée en dessin.

KAUFFMAN (Ang.)

46 — Une Vestale, par Burke.

Très belle épreuve à la sanguine.

LAMI (Eug.) ET H. MONNIER

47 — Une Rue de Londres.

Très belle épreuve coloriée.

LAVREINCE

48 — Le Billet doux, — Qu'en dit l'abbé? par de Launay.

Deux pièces, très belles épreuves, marge.

49 — La Comparaison, par Janinet.

Très belle épreuve en couleur.

50 — La Leçon interrompue, par Vidal.

Belle épreuve coloriée.

LE CLERC

51 — La Tulipe cassée, — Le Beau Rosier, par Patron.
Deux pièces rondes, en couleur.

LE PRINCE (J.-B.)

52 — Le Bonheur du ménage, par de Launay.
Très belle épreuve avant la dédicace.

LEVACHEZ

53 — Bonaparte, premier consul. Au dessous : *La Revue du Quintidi*, par Duplessis-Bertaux.
Superbe épreuve en couleur, marge.

MALLET

54 — Chit ! chit ! — Par ici !...; copies.
Deux pièces coloriées.

MEISSONIER (d'après)

55 — Le Défilé de Nancy, par Jacquemart, — Causerie, par Alfred Robaut, avec dédicace signée.
Deux pièces, belles épreuves.

MORLAND

56 — A lecture on gadding, par Bartolotti.
Très belle épreuve coloriée; sans marge.

57 — Portraits de femmes.
Deux pièces, très belles épreuves, découpées à l'ovale.

PARRISH (Stephen)

58 — The Canal of Trenton.
Epreuve d'artiste. Signée.

PERROT

59 — Portrait de Jean-Bart, d'après H. Rigaud.
Très belle épreuve en couleur, grandes marges.

PIERDON (F.)

60 — Saint-Cloud brûlé.
Suite de douze eaux-fortes sur japon. Avec la couverture.

SAINT-AUBIN (Aug. de)

61 — Le Bal paré, — Le Concert, par Duclos.
Deux pièces, très belles épreuves.

62 — La Jardinière, par Morret.
Très belle épreuve en couleur, marge.

SCHENAU

63 — L'Origine de la Peinture, — La Lanterne magique, par J. Ouvrier.
Deux pièces, très belles épreuves, grandes marges.

SERGENT-MARCEAU

64 — Portrait du général Marceau, en pied.
Superbe épreuve en couleur, grandes marges.

65 — Sujets tirés de l'histoire de France, par Morret.
Vingt-sept pièces en couleur.

SMITH (J.-R.)

66 — The Promenade at Carlisle House ; copie.
Très belle épreuve en couleur.

SWEBACH-DESFONTAINES

67 — La Vieillesse d'Annette et Lubin, par Le Cœur.
Superbe épreuve en couleur, grandes marges.

68 — Bal de la Bastille, par Le Cœur.
Très belle épreuve en couleur, marge. Rare.

69 — Serment fédératif du 14 juillet 1790, par Le Cœur.
Très belle épreuve en couleur.

TAUNAY

70 — Noce de village, — Le Tambourin, avant la lettre; copies.

Deux pièces: la première est en couleur.

TOUZÉ

71 — Les Amusements dangereux, par Voyez le jeune.

Très belle épreuve.

WILLE (P.-A.)

72 — L'Essai du corset, par Dennel.

Très belle épreuve, grandes marges.

GRAVURES DIVERSES

73 — La Loterie de La Haye.

Belle épreuve coloriée. Rare.

74 — Portrait de femme, de profil.

Epreuve avant la lettre, en couleur.

75 — Portraits de femmes, de l'école française du dix-huitième siècle.

Deux pastels. Encadrés.

76 — Nina, d'après Hoin. Costumes de Leclerc et autres gravures du dix-huitième siècle.

Douze pièces en noir et coloriées.

77 — Vue du Jardin du Palais-Royal, en 1827. Gravure anglaise in-fol.

Belle épreuve coloriée.

78 — Eaux-fortes modernes.

Seize pièces, la plupart avant la lettre.

79 — Gravures diverses anciennes et modernes, lithographies et photographies.

Trente et une pièces.

ESTAMPES SUR LA CHASSE

AUBRY (Ch.)

80 — Chasses anciennes, d'après les manuscrits des quatorzième et quinzième siècles.

Suite de douze pièces et un titre, très belles épreuves. Avec la couverture.

81 — Le même ouvrage.

Deux suites, dont une n'a pas de titre ni de couverture.

BALLEROY (De)

82 — Le Départ, par Laroche, — La Meute sous bois, par Em. Vernier, — Le Lièvre, le Lapin, le Faisan, la Perdrix, par Em. Vernier.

Six pièces, belles épreuves sur chine.

BLOCHOM (V.)

83 — Chasses au tir et à courre.

Suite de quatre pièces, très belles épreuves.

BOL (Jean)

84 — Venationis, Piscationis et Aucupii typi ; Ph. Galle, exc. 1582.

Quarante-huit pièces : très belles épreuves du premier tirage avant la date de 1582. Rare. — Plus quelques épreuves du second tirage, comme comparaison.

BOONS (D.)

85 — Has venationis aucupii et piscationis formulas a Davide Vincboins pictore. Nicolaüs Piscator, chalcographus aeri incisas, 1612.

Suite de dix pièces, dont un frontispice. Très belles épreuves. Rares.

BRACQUEMOND

86 — Perdrix, — Sarcelles.

Deux pièces, très belles épreuves.

CALLOT (J.)

87 — La Grande Chasse (Ed. M., 711).

Très belle épreuve du 1er état, avec les deux grands oiseaux et les lointains bien distincts.

88 — La même estampe.

Très belle épreuve du 2e état avant *Israel excudit*; plus une copie.

89 — Les Grandes misères de la guerre.

Cahier de dix-huit pièces, tirage moderne.

CASANOVA (F.)

90 — Prise du cerf au clair de lune et des flambeaux, par J. Jacobé, à Vienne, 1788, grand in-fol.

Très belle épreuve. Très rare.

CHÉREAU (à Paris chez la Veuve)

91 — Etudes de chiens.

Suite de quatre pièces, très belles épreuves.

COCHIN (N.)

92 — Chasses. Suite de six pièces. — Études de plantes, avec petites chasses au dessous. Suite de douze pièces.

Ensemble dix-neuf pièces.

DE LACOLLOMBE

93 — Nouveaux dessins d'arquebuserie dessinés et gravés par De La Collombe. Paris, 1730.

Suite de huit pièces et un frontispice, très belles épreuves, toute marge.

94 — Nouveaux dessins d'arquebuserie.

Six pièces, très belles épreuves.

DE LA HAYE

95 — Nouvelle carte de la forêt de Fontainebleau, d'après les meilleurs plans, 1778, en deux feuilles.

Très belle épreuve, toute marge.

DELARUE (J.)

96 — Etudes d'animaux dans le paysage, lithographies.

Suite de vingt pièces coloriées et un frontispice. Avec la couverture.

97 — Galerie des mammifères.

Suite de trente-deux pièces.

98 — Etudes d'oiseaux et d'animaux.

Sept dessins.

DELLA-BELLA

99 — Sujets de chasse.

Vingt-cinq pièces.

DESPORTES (F.)

100 — Son portrait, dans un paysage, par Joullain.

Deux épreuves dont une ancienne. — Plus deux grandes photographies de Braun, d'après ses tableaux du Musée du Louvre.

101 — Chasse au loup, — Chasse au sanglier, par Joullain.

Deux pièces, très belles épreuves, toute marge.

102 — Études de chiens de chasse, par Le Bas.

Treize pièces.

103 — Diane et Blonde, — Folle et Mitte, par Willmann.

Deux pièces, belles épreuves sur chine.

DUGOMMIER

104 — Premier et second livre d'animaux dans le goût du crayon, gravé par Demarteau.

Huit pièces à la sanguine, toute marge.

ÉCOLE DE FONTAINEBLEAU

105 — Cerfs au repos.

Belle épreuve. Très rare.

EDELINCK (G.)

106 — Jacques Savary, d'après Coypel (R. D., 314).

Très belle épreuve, marge.

FIALETTI (O.)

107 — Chasses (B., 34-36).

Suite de trois pièces, très belles épreuves.

FIELDING (N.)

108 — Sujets d'animaux, gravés à l'eau-forte.

Sept pièces, sur chine.

109 — Animaux de chasse; gibier à poil, gravés par Falkeisen. Paris, Rittner et Arrowsmith, 1828, in-4.

Vingt-sept pièces coloriées, dont quatre doubles. Avec le titre et la couverture.

FUNCKEN (David)

110 — Chasses à courre.

Suite de douze pièces, imprimées à deux sur la feuille.

FYT (Jean)

111 — Les Chiens. Titre et cinq pièces (B., 9, 11, 12, 13, 14, 16).

Très belles épreuves du premier état.

FYT (J.), HOLLAR, etc.

112 — Etudes de chiens.

Onze pièces, très belles épreuves.

GUÉRARD (N.)

113 — Diverses pièces d'arquebuserie enrichies de figures et d'ornements, gravées par Nicolas Guérard.

Suite de dix pièces dont un frontispice.

114 — La même suite; copies par Joh. Christ. Weigel.

Huit pièces.

HONDIUS

115 — Chasse à l'ours, — Chasse au sanglier, par Rehn et Chenu.

Deux pièces, très belles épreuves.

HOOFWINCKEL Exc.

116 — Animalium quadrupedam Venatus in usum pictorum.

Suite de huit pièces et un frontispice, très belles épreuves. Rares.

HUET (J.-B.)

117 — Le Repos du chasseur, par Demarteau.

Très belle épreuve aux crayons de couleur.

LA FEUILLE Exc.

118 — Pièces d'Arquebuserie.

Huit pièces, très belles épreuves.

LEDIEU

119 — Le Départ pour la chasse, — Le Cerf aux abois.

Deux pièces, belles épreuves.

LONDERSEEL Exc.

120 — Venationis, Piscationis et aucupii typi.

Suite de huit pièces, très belles épreuves.

MAISONSAPERT

121 — Sujets de chasse.

Huit pièces.

MARCOU

122 — Plusieurs pièces d'arquebuzerie, par C. Jacquinet.

Huit pièces et un frontispice, belles épreuves.

NIELLES

123 — Nielles d'un Armurier parisien, dix-septième et dix-huitième siècles.

Un vol. in-12 obl. contenant cent onze pièces.

124 — Nielles d'arquebuserie.

Cent dix pièces. De toute rareté.

OST

125 — Animaux sauvages et chiens de chasse.

Suite de trente pièces, très belles épreuves coloriées. Très rare.

OUDRY (J.-B.)

126 — Sujets de chasse; suite de quatre pièces (R. D., 1-4).
Très belles épreuves du deuxième état, avec l'adresse de Gautrot et avant les numéros.

127 — La même suite.
Très belles épreuves du troisième état.

128 — Le Chien braque en arrêt (R. D., 5).
Très belle épreuve du deuxième état avant toute lettre. — Plus une épreuve avec la lettre.

129 — Chien basset, par P. Aveline.
Deux très belles épreuves, dont une avant toute lettre.

130 — Épagneul, — Chien courant, par Duflos.
Cinq pièces, dont deux avant toute lettre et une épreuve ancienne à toute marge.

131 — Phylax, par Mesnil.
Deux très belles épreuves, dont une avant toute lettre et le fond de paysage.

132 — Le Cygne effrayé, — La Curée faite, par Le Bas.
Deux pièces, très belles épreuves.

133 — Abois du cerf, par Le Bas, — La Chasse au cerf, par N.-C. Silvestre.
Deux pièces, très belles épreuves, grandes marges.

134 — La Garde fidelle, par Beauvarlet, — Chien basset, par Aveline, — Chasse au sanglier, par Delégorgue.
Trois pièces, très belles épreuves.

135 — Recueil de divers animaux de chasse, tiré du cabinet de M. le comte de Tessin, par Le Bas.
Suite de douze pièces, tirées à deux sur la feuille.

136 — Vignettes tirées des Fables de La Fontaine, in-fol.
Trois pièces à l'eau-forte pure.

137 — Chasses et animaux, par divers.
Six pièces.

RABEL

138 — Chasses.

Suite de six pièces, très belles épreuves.

RENTZ

139 — Chasse seigneuriale en Allemagne, 1724, très grand in-fol.

Belle épreuve. Très rare.

RIDINGER (J.-E.)

140 — Parfaite et exacte représentation des Divertissements de grands seigneurs, ou Parfaite description des chasses de toutes sortes de Bêtes. Première partie. Inventée, gravée et à trouver chez Jean Elias Ridinger, peintre. à Augsbourg, an 1729, grand in-fol.

Suite de trente-six pièces. Superbe exemplaire du premier tirage. — On a ajouté trois portraits et trois pièces du deuxième tirage.

141 — Contemplatio ferarum bestiarum ingenisissimus carminibus viri celeberrimi domini Bartholdi Henrici Brockes, 1736, in-fol.

Suite complète de quarante pièces et un frontispice, très belles épreuves du premier tirage. — On y a ajouté un portrait de Ridinger et une épreuve du deuxième tirage.

142 — Le Paradis terrestre, grand in-fol.

Suite de douze pièces, très belles épreuves.

143 — Grundliche beschreibung und vorstellung der wilden thiere nach ihrer natur geschlecht alter und spuhr. Divers animaux avec l'empreinte de leurs pieds. Suite de huit pièces, grand in-fol. en hauteur.

Très belles épreuves du premier tirage, toute marge ; plus une épreuve du deuxième tirage.

144 — La même suite.

Huit pièces, très belles épreuves du premier tirage, toute marge.

RIDINGER (J.-E.)

145 — Abbildung der Jagtbaren Thiere mit derfelben angefugten fahrten und Spuhren, famt einer ertlarung daruber. Animaux et leurs traces. Augsbourg, 1740, in-fol., cart.

Très bel exemplaire du premier tirage, contenant 23 planches; avec le texte.

146 — Le même ouvrage.

Suite de vingt-trois planches; manque le titre et le texte.

147 — Grandes chasses à courre, in-fol. obl.

Suite complète de seize pièces, très belles épreuves du premier tirage, en un album cart.

148 — Entwurf Einiger Thiere mie solche nach ihren unterschiedlichen Arten. Animaux représentés d'après leur nature. Augsbourg, 1740, petit in-fol.

Trente-sept pièces, très belles épreuves, grandes marges.

149 — L'Art de monter à cheval, en tailles-douces, inventées et dessinées par Jean-Élie Ridinger. Aux dépens de Jérémie Wolff, 1722, in-fol.

Suite de quatorze pièces, dont le frontispice; très belles épreuves.

150 — Neües Thier Reis-Büchl Erster-theil allerley art hunde vorstellend. Nouveau livre de chiens de chasse, 1728, in-4.

Suite de douze pièces, dont un frontispice; très belles épreuves, grandes marges.

151 — Neues Zeichnungs buch darin Wilde u : Zahme Thiere auch Féder Wild. Nouveau livre de dessin, 1742.

Cahier de seize pièces, très belles épreuves (manque les quatre dernières planches).

152 — Nach der Natur entworffene Vorstellungen. Chasse au piège, par J.-E. Ridinger, 1750, in-fol.

Quatorze pièces, très belles épreuves; plus le frontispice en double.

153 — Chasseurs et fauconniers, in-fol.

Suite complète de vingt-cinq pièces, épreuves du premier tirage, toutes marges. — Plus deux pièces du deuxième tirage.

RIDINGER (J.-E.)

154 — Les Saisons; suite de quatre pièces, grand in-fol.
Très belles épreuves, toute marge.

155 — Chasse au cerf, — Chasse au sanglier, très grand in-fol.
Deux pièces, très belles épreuves, toute marge. Rares.

156 — Scènes de chasse, in-fol.
Neuf pièces, très belles épreuves.

157 — Combats d'animaux et sujets de chasse, in-fol.
Seize pièces, très belles épreuves, grandes marges.

158 — Sujets de chasse, tirés de différentes suites.
Vingt-trois pièces.

SIMONINI (F.)

159 — Haltes de chasseurs, par Zilotti.
Quatre pièces, très belles épreuves, grandes marges.

SNYDERS

160 — Chasse au sanglier, par Zaal.
Très belle épreuve.

STÈPHANUS

161 — Chasses.
Dix pièces, très belles épreuves.

STRADAN (J.)

162 — Chasses, 1578.
Vingt et une pièces, très belles épreuves du premier état avant les numéros.

163 — Vermis sericus, — Emblèmes.
Cahier contenant treize pièces.

TEMPESTA (ANT.)

164 — Prima libro de caccie varie. Six pièces et front. — Aucupationis multifariæ effigies, par N. Visscher. Quinze pièces et un front. — Autre album de chasses. Suite de douze pièces. — Jachtboeck gheteykent, by Claes Janss. Visscher. Sept pièces et un front. — Sujets de chasse. Une suite incomplète.
Ensemble cinquante-quatre pièces.

VAN DER MEULEN

165 — Le Roy à la chasse du cerf avec les Dames, — La Reine allant à Fontainebleau accompagnée de ses gardes, — Le Roy dans sa calèche, accompagné des Dames, dans le bois de Vincennes, — Retour de chasse, par Baudoins.

Quatre pièces, très belles épreuves, toute marge.

VAN DE VELDE (Adr.)

166 — Chasse royale, par Malbeste et Le Bas.

Superbe épreuve avant toute lettre, grandes marges ; plus une épreuve moderne.

VAN FALENS (C.)

167 — Départ de chasse, — Prise du héron, par Le Bas.

Deux pièces, superbes épreuves, toute marge.

168 — Rendez-vous de chasse, — Le Chasseur fortuné, par Le Bas.

Deux pièces, très belles épreuves, toute marge.

169 — Départ de chasse, — Prise du héron, — Rendez-vous de chasse, — Le Chasseur fortuné.

Quatre pièces.

VERNET (Carle)

170 — Préparatifs d'une course, — Le Départ, — La Course, par Jazet.

Trois pièces, très belles épreuves.

171 — Sujets de chasse, gravés par Gamble.

Dix-neuf pièces.

172 — Etudes d'animaux, sujets de chasse et autres, lithographiés.

Quarante-huit pièces.

VERNET (H.)

173 — Chasse au chevreuil, — Chasse au marais, par Reynolds, — Châtelaine partant pour la chasse, par Eug. Jazet.

Trois pièces.

VERNET (H.)

174 — Sujets relatifs à la chasse.

Quarante pièces, dont plusieurs avant la lettre.

WATTEAU (Ant.)

175 — Rendez-vous de chasse, par Aubert.

Très belle épreuve.

176 — Retour de chasse, par B. Audran.

Superbe épreuve, toute marge.

WINTTER (J.-G.)

177 — Das aufsezen oder wachstum des hirschgeweihes nach natur, 1787, in-4.

Suite de douze pièces, très belles épreuves ancien tirage. — Plus un exemplaire en tirage moderne.

WOUVERMANS (Ph.)

178 — Départ pour la chasse à l'oiseau, — Grande chasse à l'oiseau, par J. Moyreau.

Deux pièces, très belles épreuves, toute marge.

179 — Sujets de chasse.

Quatorze pièces, très belles épreuves.

180 — Sujets de chasse in-fol. et grand in-fol.

Seize pièces, très belles épreuves.

GRAVURES DIVERSES

181 — Regiarum venationem ædes regiæ a Carolo Emanuele II, Sabaudiæ duce, in-fol.

Quatre pièces, très belles épreuves.

182 — Caricatures sur la chasse, publiées en Allemagne, in-fol.

Cahier contenant seize pièces, très belles épreuves.

183 — Chasses et animaux, par Hollar, Dillis, van Bloemen, Morin, Wéenix.

Dix pièces, très belles épreuves.

GRAVURES DIVERSES

184 — Sujets de chasses, par et d'après Goltzius, Berghem, Bloteling, Rubens, Tempesta, Pillement, Watson, in-fol.

Treize pièces, très belles épreuves.

185 — Chasses et sujets d'animaux, anciens.

Soixante-neuf pièces.

186 — The toast-fox hunting et Chasses diverses.

Huit pièces coloriées.

187 — Le Chien à la perdrix, d'après Troyon, — Grand prix d'honneur de l'exposition canine de 1863, d'après Jadin, — Chiens en arrêt, par Gamble, — Au Bas-Bréau, par Bodmer.

Cinq pièces, belles épreuves.

188 — Chasses et courses, par Edouard Swebach, Grénier, Ferogio et Saunier.

Vingt-huit pièces en noir et coloriées.

189 — Sujets de chasse publiés en Allemagne. Grand in-fol.

Huit pièces.

190 — Sujets de chasse, publiés en Angleterre.

Onze pièces, très belles épreuves.

191 — Oiseaux et trophées de chasse, par Ed. Traviès, Adam et Bouvier.

Vingt-six pièces coloriées.

192 — Oiseaux, par Traviès, Delarue, Thiolat.

Cent vingt-neuf pièces coloriées.

193 — Un portefeuille contenant environ deux cents pièces, sujets de chasse et autres, études, croquis, etc.

LIVRES

194 — *Le Plaisir des Champs*, divisé en quatre parties selon les saisons de l'année, par Cl. Gauchet, où est traicté de la chasse. Paris, Nicolas Chesneau, 1583, in-8. Edition originale. — On a ajouté à cet exemplaire : *Microcosme* (par Maurice Scève). Lion, Jean de Tournes, 1562, et : *Cinquante jeux divers d'honnête entretien*, par mess. Innocent Ringhier, et fais français, par H. P. de Villiers. Lion, Pesnot, 1555. Edition orginale ; plusieurs feuillets manquent, mais sont remplacés par des feuillets manuscrits.

Ensemble trois ouvrages en un vol. rel. v. fauv. ant. dos orné à à petits fers dent. à fr.

195 — *Christiani Fancisci Paullini lagographia curiosa seu leporis descriptio.* Augustæ Vindelicorum, Imp. Laur. Kronigeri, 1691, in-8. — *Lagographia*, Natura leporum, liber singularis collectus a M. Wolffg. Waldungo. Ambergæ, typ. Joh. Schœnfeldii, 1619, in-4. Fig. sur bois.

Deux vol., le premier rel. parchemin et l'autre dérelié.

196 — *La Chasse au fusil* (par Magné de Marolles). Paris, de l'imprimerie de Monsieur, et se vend chez Barrois, 1788. — Supplément au *Traité de la chasse au fusil*, contenant des additions et corrections importantes. Paris, Barrois. 1791, in-8.

Edition originale. Deux parties en un vol. rel. v. ant., marb. fil. — Cet exemplaire contient la planche, page 82, ainsi que les quatre feuillets d'addition au supplément.

197 — *L'Eloge de la chasse*, avec plusieurs avantures surprenantes qui y sont arrivées (par le chevalier de Mailly). Paris, Nyon, 1723, in-12, front.

Edition originale. Un vol. rel. v. ant. Très rare avec le frontispice.

LIVRES

198 — *Les Dons des enfants de Latone ; la Musique et la Chasse du cerf* (par Séré de Rieux). Paris, Prault, Desaint et Guérin, 1734, in-8.

Un vol. *non rogné* auquel on a joint une lettre autographe d'envoi, signée de l'auteur.

199 — *Vénerie Normande,* ou l'Ecole de la chasse aux chiens courants, par M. Le Verrier de la Conterie. Rouen, Dumesnil, 1778, in-8. *Seconde édition.*

Un vol. non rogné, préparé pour la reliure.

200 — *Méthodes sûres et faciles pour détruire les animaux nuisibles* (par Buchoz). Paris, La Porte, 1782, in-12.

Edition originale. Un vol. non rogné, préparé pour la reliure.

201 — *La Saint-Hubert,* ou quinze jours d'automne dans un vieux château de Bourgogne, par un braconnier. Paris, imp. J. Pinard, 1827, in-18.

Edition originale. Un vol. demi-rel. maroq. vert, avec coins, non rog. (Kœhler.) — Tiré à 200 exempl., non mis dans le commerce.

202 — *Traité des chiens de chasse,* par un des collaborateurs du *Traité général des chasses.* Paris, Rousselon, 1827, in-8.

Un vol. br. contenant seize planches imprimées en bistre.

203 — *Le Chasseur conteur,* ou les Chroniques de la chasse, par Elzéar Blaze. Paris, Tresse, 1840, in-8.

Un vol. non rogné, préparé pour la reliure.

204 — *Histoire d'un Braconnier* ou Mémoires de la vie de L. La Bruyère, auteur des *Ruses du braconnage.* Paris, Téchener, 1844, in-8.

Un vol. non rogné, préparé pour la reliure.

205 — *La Vénerie et la Fauconnerie au moyen âge,* par Elzéar Blaze. Paris, du cabinet d'Aug. Veinant, 1850, in-4.

Un vol. en feuilles, figures noires et coloriées.

LIVRES

206 — *Nouveau Manuel du chasseur*, par M. Thierry. Paris, imp. de Mme Huzard, sans date, in-12. — *Traité du fusil de chasse et des armes de précision*, par H. Mangeot. Paris, Ch. Tanera, 1854, in-8.

Deux vol. br., fig.

207 — *Les Chasses et le Sport en Hongrie*, traduit par J.-B. Durringer et Schwiedland, orné de vingt-cinq tableaux lithographiés en couleur. Pesth, Armand Geibel, 1857, grand in-fol.

Très bel exemplaire cart. Rare.

208 — *La Chasse à la haie*, par Peigné-Delacourt. Paris, veuve Bouchard Huzard, 1858, in-4.

Un vol. br., fig.

209 — *Traité de Fauconnerie*, par M. H. Schlegel et M. J. A. Verster van Wulverhorst. Ouvrage orné de dix-sept planches. Leide, Institut lithographique Arnz et comp., sans date, grand in-fol.

Très bel exemplaire en feuilles, dans un carton.

210 — *Anatomie pratique du Cheval*, par Léopold Wentz, ouvrage orné de sept chromolithographies. Paris, J. Rothschild, 1870, in-fol.

Exemplaire en feuilles.

211 — *Histoire naturelle des Oiseaux d'Europe*, par Florent Prévost et C. Lemaire. Paris, Savy, sans date. — *Les Oiseaux*, décrits et figurés d'après la classification de Georges Cuvier. Paris, J.-B. Baillière et fils, 1870, in-8.

Deux vol. cart., figures coloriées.

Imprimerie D. Dumoulin et Cie, à Paris.

www.ingramcontent.com/pod-product-compliance
Ingram Content Group UK Ltd.
Pitfield, Milton Keynes, MK11 3LW, UK
UKHW032027260826
14628UKWH00006B/2792

9 782329 450353